AF582717

CUENTO DE OTOÑO

Raúl Teixidó

www.edicionesrubeo.com

www.angelicamcharrell.com

ISBN: 978-84-126020-4-3

Conocer a alguien con quien se establece una comprensión mutua a pesar de la distancia o los pensamientos que no se expresan, es suficiente para hacer de esta tierra un jardín.

(J. W. Goethe)

I

Atardecer, la hora "entre perro y lobo".

En esos momentos del día, hasta donde alcanzo a recordar, siempre experimento un inexplicable desasosiego que me impelía a salir, mezclarme entre la gente, dar un largo paseo, hasta que anocheciera. Hacía ya algún tiempo que residía en Calvià, una población de mediana importancia, situada en el interior del país. A esa hora, me conformaba recorriendo la Calle Mayor (al parecer, existe una del mismo nombre en todas las ciudades de similares características). Contemplaba los escaparates de los pequeños comercios, entraba en una cafetería, adquiría sellos de correo y sobres en un estanco y daba un vistazo al programa de dos o tres salas de cine (que invitaba a una sana abstinencia por lo que se refería a ver una buena película). Y audible, desde el primer momento, una nota añadida: el bullicio de docenas de estorninos, emboscados en el ramaje de la arboleda que orillaba ambos lados de la calle. Un desconcierto de vocecillas que proclamaban, con intuitiva puntualidad, la hora de retirarse al nido.

En la gran cíudad, nunca había escuchado ese piar uniforme, persistente, como una señal de alarma; allí, en cambio, solía verlos contra la tenue claridad del cielo, sobrevolando en erráticas bandadas, esparcidas y reagrupadas una y otra vez, como a impulsos del viento, con previsible y geométrica precisión. Curioso espectáculo, inadvertido por los viandantes que se aglomeraban junto a los semáforos o entraban y salían de las tiendas, elegantes y profusamente iluminadas.

Imágenes de otra época de mi vida que irrumpían en el presente con casi imperceptible fugacidad, y luego se iban del mismo modo, solapado, como si únicamente tuviesen por objeto poner de manifiesto que *nada* se olvida del todo, sin importar lo minúsculo o anodino de los recuerdos que subyacen en lo profundo de la memoria.

He empezado hablando de mí y me temo que lo seguiré haciendo hasta el final de este relato. Estimo, pues, de rigor, proporcionar algunas referencias personales: profesor de Ciclo Medio, dicto Literatura Universal (es decir, una milésima parte de la misma) en los tres últimos cursos de bachillerato. Llevo casi veinte años tratando de interesar a mis alumnos en un restringido número de autores clásicos (o que van camino de serlo, por lo que respecta a nuestro Siglo XX), a fin de estimular su sensibilidad, agilizar su mente y enriquecer su léxico. En otras palabras: contribuir a hacer de ellos personas espiritualmente más "completas", combatiendo de paso el "descrédito" que parece ir adueñándose de las disciplinas humanísticas. Pertenezco (ya lo habrán adivinado) a esa generación de educadores (hermosa palabra; ingenieros de almas, expresión más hermosa aún) de la que, por fortuna, existen aún muchos "ejemplares", para quienes no resulta obsoleto aplicar todavía —con éxito— la antigua fórmula: *instruir deleitando*. Para cuantos compartimos el mismo punto de vista, la docencia es mucho más que un simple trabajo mal remunerado. En lo que a mí respectaba, después de todo, había hecho mía la delicadá tarea de proporcionar a centenares de jóvenes una formación literaria (cultural, en definitiva) dándoles a conocer, testimonios y vivencias, épocas y personajes, en toda la amplitud y riqueza contenida en la obra de los grandes escritores.

La buena poesía (y, sobre todo, gran parte de *la otra*) ha abusado secularmente de las estaciones del año para expresar sentimientos que, más o menos, guardan consonancia con el "malestar de espíritu" que aqueja a sus improvisados, mediocres o geniales cultores, en uno u otro momento de sus vidas.

Cediendo a la tentación de valerme de un símil tan obvio como desgastado, diré que el temprano otoño de mi llegada a Calvià, lluvioso y malhumorado, reflejaba a la perfección el depresivo ensimismamiento en el que me había instalado desde hacía unos cuantos meses y que, por cierto, jugó un rol determinante en mi deseo de ser transferido a otro centro educativo. El tiempo vendría a demostrar si la decisión de cambiar de aires, dejando atrás mi entorno profesional y su opresiva rutina, tendría un efecto, al menos paliativo, sobre el decaído estado anímico que me embargaba, a consecuencia de ciertos hechos que me habían afectado de modo radical y contundente.

En otro contexto —v. gr. un cambio de destino obligatorio— hubiera representado para mí, urbanita habituado a las muchas y gratificantes ofertas de ocio y cultura que proporcionan las grandes ciudades, un grave contratiempo, incapaz, como me consideraba, de "sobrevivir" en circunscripciones culturalmente inhóspitas o desabastecidas, de las que Calvià —o cualquier otra ciudad de similares características— era ejemplo fehaciente.

Sin embargo, recibí muy satisfecho la noticia de mi traslado (cuya solicitud había cursado oportunamente), lo cual testimoniaba a las claras que el eventual atractivo que todo aquello poseía, por lo que a mí respectaba, se había desvanecido.

Se trataba, de ahora en adelante, de procurarme nuevos estímulos merced a un trabajo (de mi agrado) susceptibles de generar gratificantes resultados si se lo ejecutaba de manera responsable y concienzuda. En el fondo, es lo que siempre había intentado llevar a cabo, con mayor o menor éxito, a través de mi actividad docente; la diferencia, en este caso, radicaba en mi confianza de que "empezar de nuevo", por así decirlo, contribuiría, en alguna medida, a reconstruir mi deteriorada identidad espiritual, comparable, por entonces, a una fotografía rota en mil pedazos.

La dirección del colegio ultimó todo lo concerniente a mi nuevo destino, algo muy de agradecer, teniendo en cuenta mi manifiesta proclividad a solventar pormenores de orden práctico.

Mi habitación, tras unos cuantos retoques, resultó de mi agrado, decente y confortable. Asunto de no menor importancia, pues era el sitio en el que pasaría muchas horas, repasando lecciones, corrigiendo exámenes o leyendo, como acostumbraba, hasta la una o las dos de la madrugada, antes de retirarme a descansar.

Estaba en el tercer piso de un bloque de siete plantas, sin ascensor (las viviendas de "protección oficial" o renta baja no los tenían en aquella época). El edificio daba a una pequeña plazoleta, escasa de árboles y mal delineada, en la que desembocaban varias calles estrechas, de dirección única, por lo general libres de tráfico.

Había un Centro Médico de la Seguridad Social, muy concurrido a todas horas, un bar situado en la esquina más próxima, al que muchos clientes acudían a comer o a tomar café después de la visita, y una farmacia, donde adquirían los medicamentos que les habían recetado. En pequeña escala, se trataba de un espacio urbano (involuntariamente) *funcional*, como se diría ahora.

Mi nuevo colegio, a veinte minutos a pie desde allí, ocupaba una manzana entera y su entrada principal —un macizo portón de madera con aire catedralicio se abría a una plaza limpia y tranquila, dotada de espacios verdes acotados por parterres, varios asientos y una parada de autobús. En su fachada, destacaba un centenario reloj; la acción del tiempo había cubierto su esfera —originalmente blanca— de una pátina amarillenta y motas de óxido repartidas a capricho, pero sus gruesos caracteres en números romanos eran perfectamente visibles a distancia. Me pregunté si algún alumno de la actual generación sabría leerlos.

En medio de la plaza, se alzaba un monumento representando a un militar presto a entrar en combate, la mano izquierda levantada en actitud disuasiva, y un sable empuñado firmemente en la diestra, para defenderse de la acometida de su adversario. Una placa de bronce, situada al pie, lo identificaba como Antonio Franch, *hijo de la villa,* distinguido por su coraje y pundonor en la "guerra del francés" (la invasión napoleónica que, en los primeros años del Siglo XIX, logró importantes conquistas militares a este lado de los Pirineos).

Desde que trabé conocimiento con aquel héroe local, maltratado por el tiempo, pero eternamente presto a repeler un ataque mortal, me interesé por el pasado de Calvià y pude comprobar que la ciudad no carecía de *señorío*.

Así lo testimoniaba, por ejemplo, la tricentenaria iglesia de Santa María la Mayor, en cuya fachada una placa conmemorativa de grandes proporciones aludía también a la ocupación francesa, y rendía homenaje a los anónimos lugareños que, alzados en armas, se habían enfrentado al ejército enemigo en la montaña del Bruch, a pocos kilómetros de la ciudad.

El Cementerio Municipal, de estilo neoclásico, por su parte, databa de 1819, y albergaba en su sector antiguo una enorme cantidad de sepulcros decimonónicos, algunos muy curiosos por su diseño o el texto de sus epitafios; llamaba también la atención las borrosas fotografías que podían verse en la mayoría de los nichos, algunas de personas fallecidas a una edad considerablemente provecta. Y el aspecto suntuario de numerosas tumbas y mausoleos familiares que la burguesía local había erigido a la medida de su "grandeza".

Sin embargo, el monumento de mayor valor artístico se alzaba en las afueras de la ciudad, en la cima de una colina cercana: una iglesia románica del Siglo X, en perfecto estado de conservación, en cuya reducida capilla se oficiaban, con cierta frecuencia, servicios religiosos y alguna que otra boda de postín.

Si bien existía un camino para el paso de automóviles, se podía acceder a la cumbre tras una caminata de cuarenta o cuarenta y cinco minutos. Cualquier día soleado, a media mañana (evitando cautelosamente los fines de semana), resultaba ideal para efectuar una visita, sin el molesto trasiego —más propio de una kermesse— de feligreses y excursionistas. Y contemplarla de cerca, en la plenitud de su humilde importancia, tan orgullosa y solitaria como cuando terminaron de edificarla, hacía ya más de mil años.

Desde la cima, se disfrutaba de una vista panorámica de Calvià y sus alrededores: casas de campo, terrenos labrados, pequeños núcleos de población aquí y allá... Y por encima de todo, el generoso incentivo del aire puro y la soledad.

En cuanto se refería a tiempos menos remotos, los testimonios de la activa vida social de Calvia a finales del Siglo XIX y primeras décadas del XX, se hallaban en pleno centro urbano. El Casino Foment (1 888) y el Círculo Mercantil (1889), por mencionar los más destacados.

Numerosísimas familias de la pequeña burguesía local constituían, de hecho, auténticas "dinastías": industriales, médicos, farmaceúticos, notarios, artesanos de todos los oficios (incluido el de pastelero, de rancia tradición). Sus negocios se habían puesto en marcha hacía ya cuatro o cinco generaciones; algunos de ellos continuaban aún funcionando en el mismo local fundacional, ade- cuadamente reformado por los laboriosos descendientes de aquellas "históricas" familias, consagrados a la tarea de seguir incrementando un considerable patrimonio que, al cabo de unas cuantas décadas, pasaría a su vez a manos de sus herederos.

El Círculo Mercantil, sede Rotaria, poseía además un teatro —erigido probablemente para presumir de poderío económico y no por razones culturales— espacio a todas luces infrautilizado, pues abría sus puertas contadas veces a lo largo del año para dar cabida a eventos de carácter privado y alguna que otra "Gala de Ballet" organizada por la Academia local de Bellas Artes.

En la parte baja de la ciudad, donde terminaba la Calle Mayor, se encontraba la contrapartida del elitista Círculo Mercantil, el Ateneo de la Clase Obrera (sic), sede de actividades gremiales y sindicales a principios de siglo y especialmente efervescentes y tumultuosas en los años que precedieron a la Guera Civil. De propiedad municipal, en pésimo estado de mantenimiento (que contrastaba con el bonito aspecto de su homólogo "capitalista", su condición de ex-patrimonio del bando perdedor era más que ostensible: se abría una vez por semana, reducido al triste papel de cine de programación doble la tarde de los domingos.

Sin embargo, el valor artístico de Calvià no se resumía tan sólo en unos pocos monumentos e instituciones más o menos añejas.

En tiempos recientes, había sido también cuna de uno que otro personaje literario de cierto renombre. Era el caso del poeta Joan Llacuna (1905-1965).

La exigua documentación que existía en torno a su figura relataba que su casa natal había estado apenas a un centenar de metros de distancia de la Plaza del Rey, conocida también como de Neptuno, debido a la escultura de ese personaje mitológico, provisto de un tridente, que se alzaba en la cima de un pequeño obelisco, al pie del que había una fuente. Aquel había sido el escenario de su niñez, plácida y sobria, evocada más tarde en su primer libro de versos.

Llacuna había sobrevivido al trágico paréntesis de la Guerra Civil; el hecho de que militase (enrolado muy joven) en el bando republicano no fue óbice para la libre expresión de su talento poético, ajena al tono bélico y reivindicativo de algunos colegas suyos, obligados más tarde a emprender el camino del exilio.

Las escasas fotografías disponibles mostraban a un hombre de baja estatura y aire reservado. En algunas, aparecía junto a periodistas o autoridades, quizá con motivo de la presentación de su primer libro; en otra, con su esposa y una hija de corta edad. Finalmente, había una en la que aparecía solo (la fecha al pie hacía suponer que fue una de las útimas que le hicieron): caminaba por una calle estrecha, la mirada baja, el semblante adusto, sosteniendo un par de libros en la mano izquierda, a la altura del pecho. Su breve semblanza biográfica terminaba con estas palabras: "Hombre de costumbres austeras y profundamente religioso, su obra poética —incluido un volumen publicado con carácter póstumo— se limitaba a tres títulos, en los que la sencillez y la transparencia de sus versos pone de manifiesto una apreciable calidad lírica, pródiga en estrofas bellas y pulcramente labradas".

Una existencia como la suya no era de las que motivan voluminosas biografías, pero me dio la impresión de que, en todo momento, Joan Llacuna supo vivirla con dignidad y recato.

Decidí incorporarlo al programa de sexto curso. Sin duda, la actual generación lo desconocía por completo, tal vez incluso la precedente. Consideré de justicia reivindicar el nombre del buen amigo que pudo ser para mí, de haber llegado a Calvià antes de su fallecimiento.

No podía conceptuársele como un autor de "principios de siglo", pues su obra se situaba entre 1934 y 1961, pero sí necesitado ya del correspondiente relevo generacional. ¿Habría alguno de mis alumnos que siguiera su ejemplo?

Biblioteca Pública/Casa de la Cultura: permanente reclamo que podía verse en el dintel de uno de los edificios más céntricos de Calvià.

La precedía una puerta de hierro, alta y acristalada, y una escalinata de mármol que conducía a la primera planta, habituales en determinadas instituciones públicas por tratarse, en su mayoría, de antiguas residencias particulares, de empresarios o industriales, adquiridas por el Municípìo y reconvertidas luego en locales de uso didáctico u oficial.

La sala de lectura estaba flanqueada por estanterías repletas de volúmenes de todo tipo y materias, especificadas en los cartelitos indicadores que delimitaban los diferentes sectores de un fondo bibliográfico abundante y variado. Las mesas de lectura, convenientemente espaciadas, disponían de cómodos asientos y de una hilera de pequeñas lámparas auxiliares a disposición del usuario.

En cuanto me identifiqué —mi aspecto formal y las gafas que mi presbicia me obligaba a usar permanentemente casaban muy bien con mis expresadas funciones docentes— una obsequiosa bibliotecaria me dio la bienvenida. Tras una breve reseña hist6rica del local (al servicio de la ciudad desde 1931) y de su funcionamiento en la actualidad, me enseñó el fichero (constituido por más de diez mil títulos), añadiendo que podía consultarlo siempre que lo precisara.

Sobre su escritorio se veía cierta cantidad de volúmenes, algunos, procedentes de devoluciones y otros, de reciente adquisición, a los que "abría ficha", utilizando una tarjeta rectangular, de cartulina blanca, que rellenaba con su escritura prolija y perfectamente legible.

Me convertí en asiduo visitante de "la casa", en especial si el tiempo era lluvioso y desapacible, pues en esos días la penumbra y el silencio de mi habitación pesaban en mi ánimo como una losa.

En período de exámenes, solía ver a mis alumnos, muy serios y concentrados en algún tomo de la *Historia de la Literatura,* de Prampolini, y comprobaba, satisfecho, que se llevaban en préstamo o devolvían alguna obra que les había recomendado en clase.

Si la lluvia era muy persistente, buscaba un lugar cercano para almorzar. Por lo general, iba al Casino Foment, pues me agradaba su aire *démodé.*

Pese a su nombre inequívocamente lúdico, jamás vi en ninguno de sus salones otra cosa que parsimoniosos lectores de periódicos o pequeños grupos de socios (todos peinaban canas) fumando y conversando tranquilamente. Nada parecido a una ruleta o, al menos, un inofensivo mazo de cartas para jugar una partida después del cafés

Quizá fue casino, en efecto —como su nombre lo proclamaba— durante su primera época (pongamos entre 1888 y 1915) y aún deambulaba por allí, en la noche de los sábados, después del cierre, el espectro de algún empedernido jugador. Acudía a mi mente la patética expresión del gran Louis Jouvet en *Los bajos fondos,* a su salida del salón de apuestas —desplumado por enésima vez y por enésima vez sumido en la más abssoluta bancarrota— sin perder, eso sí, un ápice de orgullo ni compostura, como correspondía a un barón. Y asociada a ésta, la presencia de otro jugador, generoso también en pérdidas y descalabros y —para mayor infortunio suyo— no siempre imaginado por Gorki y Jean Renoir, sino de carne, hueso y sangre caliente: Dostoievski, recalcitrante ludópata y autor de obras inmortales. (Por cierto, en mi programa de sexto curso figuraba bajo el epígrafe de *Escritores imprescindibles*).

Mencionar, al margen de monumentos históricos, instituciones públicas y relevantes personajes locales de ayer y hoy, una simple sala de proyecciones, vetusta y maltrecha —el *Cine Mundial*—, ni burgués ni proletario, carente de historia e incluso de un mínimo valor arquitectónico, obedece únicamente a mi debilidad por los escenarios (naturales o no) que conocieron tiempos mejores.

Estaba situado en el paseo de entrada a la ciudad y su ostentoso nombre contrastaba con sus paupérrimas instalaciones. Un vestíbulo, escaso de luz, apenas permitía identificar las facciones de una señora, casi anciana, que despachaba las localidades. Un cortinaje de color rojo en tiempos inmemoriales antecedía a la sala, provista de una veintena de hileras de butacas que chirriaban al menor movimiento de los espectadores incómodamente instalados en ellas. Suelo de madera, desgastadisimo, agrietado y polvoriento. Y una pantalla afeada y oscurecida, por antigua, con pequeñas manchas de origen indiscernible. En caso de incendio fortuito —pensé en cierta ocasión— este local ardería como Atlanta en *Lo que el viento se llevó*.

Programaba tan sólo películas re-estreno; el precio de la entrada era reducidísmo, pero a menudo su cartelera superaba con creces la oferta de los cines céntricos, si bien la exigua concurrencia demostraba que el público no compartía mi parecer. Recuerdo haber visto alguna película de Carlos Saura, por ejemplo (¿*La caza, Peppermint frappé*?), algunos dramas franceses de corte policíaco, protagonizados por Jean Louis Trintignant o Lino Ventura, incluso un temprano film de Gillo Pontecorvo —*Kapó*— en el que destacaba ya la frágil belleza de Susan Strassberg, hija del mítico director del *Actor's Studio* neoyorkino.

Un día, sus puertas cerraron a cal y canto, y el motivo no era precisamente estar llevando a cabo una urgente y necesaria reforma del local, sino su sentencia de muerte. El final de las innumerables películas que había exhibido desde el lejanísimo día de su apertura, era ahora el suyo propio.

El edificio fue demolido y se levantó allí un bloque de viviendas de alto *standing*. En la planta baja (la del cine propiamente dicho) se instaló una flamante sucursal bancaria. Calvià y su comarca generaban una enorme actividad económica y los bancos y cajas de ahorro, cada año más numerosas, tenían por misión invertir y multiplicar todo ese ingente capital. La fantasía, en la vida cotidiana, no cotiza en Bolsa, es tan sólo la cuenta corriente de los ilusos. ¿A quién le interesa un sueño que el dinero no puede comprar?

Los viernes, mi día de asueto, tomé por costumbre desplazarme a la ciudad. Calvià también lo era, con sus treinta o treinta y cinco mil habitantes, pero me refiero a la otra, la gran capital, en la que todo lo que podían ofrecer ciudades como Calvià, se multiplicaba por mil, empezando, claro está, por la extensión territorial, y en la que había transcurrido la mejor época de mi vida.

El viaje en tren duraba casi un par de horas, pero no tenía prisa por llegar a destino. De hecho, hacía tiempo que había dejado de tenerla. Prefería que las cosas me impusieran su propio ritmo, y no al contrario, lo que solía provocarme ansiedad y nerviosismo.

El objeto de estos desplazamientos semanales, puramente recreativos, en apariencia, obedecía a una razón de fondo, que los justificaba: me ayudaban a situarme a prudente distancia respecto a mí mismo (una mente desocupada siempre tienta al demonio), evitando que me enredase en uno u otro momento en la tela de araña de recuerdos ingratos y dolorosos.

En suma, buscaba sosiego antes que satisfacciones mundanas o espirituales, la confortable sensación de "disolverme" en la muchedumbre innominada y sin rostro, siempre igual a sí misma y nunca la misma, como el agua del río a la que se refería Heráclito.

Procuraba, pues, que las horas transcurriesen lo más lentamente posible.

Deambulaba por la zona comercial, visitaba alguna exposición en actitud poco receptiva, echaba un vistazo a los escaparates de las librerías —a veces, encontraba algo interesante—, elegía un sitio tranquilo para almorzar y pasaba luego bastante tiempo en alguna cafetería céntrica, con vista a la calle. Leía la prensa y contemplaba de rato en rato a la gente que circulaba al otro lado del ventanal. A media tarde me iba a la Filmoteca.

Peatón, cliente, espectador... Había logrado ser una persona "normal" durante unas horas. ¿Y mañana, y al otro día, y la semana que viene? ¿Qué precio tenía la serena supervivencia si memoria ni aflicción?

El viaje de retorno tenía lugar en horas de la noche.

Los vagones carecían de buena iluminación, lo que invitaba a dormitar. Algunos pasajeros lo hacían, pero yo me limitaba a entrecerrar los ojos, contando mentalmente las estaciones en las que el tren efectuaba breves paradas.

A medida que nos aproximábamos a destino, el convoy reducía su velocidad: la existencia de numerosos núcleos de población cercanos a la vía y varios pasos a nivel en su entrada a la ciudad aconsejaban cautela.

El paseo arbolado que innumerables veces había recorrido a pie, en ambas direcciones, durante mis caminatas por Calvià, apenas denotaba signos de vida a esa hora; una que otra ventana iluminada, un transeúnte, solitario, camino de casa.

En la estación descendían muy pocos viajeros y, pronto, el andén quedaba desierto.

Viajar en el último tren, a la postre, resultaba tan monótono como hacerlo en uno que llegara más temprano, pero yo lo prefería así, para luego irme directamente a dormir.

Calvià venía colmando discretamente mis expectativas de recuperar mi equilibrio interior.

Mi trabajo era apreciado, los colegas, amables y bien dispuestos, y las clases ocupaban prácticamente la totalidad de mi tiempo "útil". En determinadas ocasiones, incluso me sorprendía realizar algún tipo de tarea extra (no obligatoria), asistir a una asamblea de profesores o participar en un debate sobre asuntos internos del colegio, por ejemplo, impensable tan sólo un año antes.

Sin embargo, en momentos de soledad, algunas reminiscencias —apartadas de forma consciente en una y otra oportunidad— intentaban aflorar, cuestionando mis esfuerzos por consagrarme, casi en exclusiva, a una labor que, afortunadamente, me reportaba un inestimable grado de satisfacción personal. ¿No terminaría aquella secreta pugna siendo una batalla conmigo mismo, perdida de antemano?

Trasladarse a otra ciudad o país, cambiar de nombre y de oficio, e iniciar una nueva vida, eran cosas que ocurrían solo en las películas, donde sus protagonistas, por lo general, lograban su objetivo.

No obstante, la *realidad* (¡siempre!) impone sus inexorables leyes, idénticas para todos en todas partes —y lógicas, per lo demás, aunque a menudo nos cueste admitirlo—: delante de un espejo seremos siempre quienes somos, o fuimos, o creemos haber dejado de ser, puesto que nadie puede ocultarse a su propia mirada, que lo atraviesa y desnuda. La conciencia de *uno mismo*, prueba fehaciente de nuestro *ser y estar*, es insobornable, y no admite trucos de magia barata. Al principio y al final del camino. como dos extremos que se tocan, daremos siempre con el mismo individuo, desorientado, perplejo o, por fin, instalado en la mínima certidumbre que le procura sentirse *él mismo*, punto de partida —o de llegada— de cualquier modesta introspección.

Existimos, en suma, incluida nuestra memoria —aquí radicaba *mi problema*— que guarda grabados en caracteres indelebles los aconteci-

res importantes en lo social y afectivo (nuestros *éxitos* personales, en suma), comparables a preciosos trofeos entremezclados en la polvareda de miles de acciones apenas dignas de mención que, paradójicamente, resumen la mayor parte de nuestra historia individual.

La memoria es constancia de lo vivido, prueba intercambiable de *identidad*, permanente, inamovible, constitutiva de nuestro ser vivo y pensante, inmune, por lo tanto, a ilusorios esfuerzos (por ejemplo, los míos, durante cierto tiempo) por borrar malos recuerdos con la facilidad de quien arroja residuos inútiles o peligrosos en un vertedero y se olvida para siempre de ellos.

La única opción consiste en asumir esa incuestionable evidencia, su resolutiva obviedad, y continuar viviendo, tanto si logramos encontrar un sentido a la vida (no demasiado larga) que aún tenemos por delante, como si renunciamos estoicamente a intentarlo...

En determinados días, no logro sustraerme a este tipo de especulaciones, agotadoras, a veces de una incómoda clarividencia. En jornadas de trabajo, suelen visitarme muy tarde, por la noche; si no acierto a organizar mi tiempo libre, mi vulnerabilidad es aún mayor. ¿Se deberá a que la actividad mental de algunas personas es incesante, como los latidos de su propio corazón? En tal supuesto, no cabe duda de que soy una de ellas.

Mi trabajo ha versado siempre sobre la ficción literaria y consiste, en gran medida, en interpretar el sentido de aquellas historias (antiguas y recientes), escritas por espíritus cultos y talentosos de todas las épocas, procurando luego transmitirlo del modo más fiel posible a su contenido e intención, es decir, vinculado a una perspectiva histórica que ponga de manifiesto la vigencia o validez, que a menudo trascienden el marco de un determinado género literario, y las sitúan en lugar de privilegio entre las obras de sus coetáneos. Y hacerlo, por añadidura, en forma atractiva e interesante para los destinatarios de mis explicaciones.

¿Quién podría reprocharme, no obstante, que un día me dispusiese a vivir una historia propia, vinculada a una *verdadera y efectiva realidad* que, pese a ello poseía el atractivo de la más decantada ficción?

¿Qué un día, expresiones tantas veces leídas, escuchadas y repetidas (proyectos de futuro o futuro, a secas, capaces de otorgar un "sentido a la vida") dejasen de ser para mí meros enunciados teóricos y fuesen adquiriendo paulatinamente entidad y consistencia, llevándome, en consecuencia, a preguntarme cómo pude permanecer hasta entonces ajeno a la posibilidad de transmutar mi gris existencia en una extraordinaria avenmra vital, plena de creatividad? No se trataba de imaginar una historia inaudita y fantástica, puesto que su hipotética "protagonista" habitaba en un mundo real y próximo... Y poseía, claro estaba, rostro y nombre propios: lnmaculada Santos.

II

¿Cómo describir con propiedad un suceso —en principio sin especial relieve, incluso banal— que, sin embargo, adquiere muy pronto carácter propicio e inusitado que nos deslumbra y magnetiza?

Mi afición al teatro (en una temporada que se presentaba harto anodina) me llevó cierta noche a ver *Gigi*, en el Moratín, versión para la escena de la famosa obra de Colette que, en la pantalla, hacía ya bastantes años, habían protagonizado Leslie Caron y Louis Jourdan.

La sala, situada en la parte alta de la ciudad (y, por lo tanto, con algo de *pedigree*) programaba piezas de todo género, sobre todo las de compañías teatrales de Madrid que, en su habitual gira de temporada, ofrecían recientes éxitos de crítica y público en las ciudades más importantes del país.

Por lo visto, *Gigi* llevaba ya algunas semanas en cartel, pues, a la fecha, tenía pendientes sólo tres representaciones más ¡de las cuales asistí a todas!

La primera noche no tuvo historia, por así decirlo, dado que no imaginé ni remotamente que volvería a ocupar la misma butaca de la quinta fila en otras dos ocasiones consecutivas.

Mi propósito se limitaba a pasar un buen rato reviviendo la conocida historia de una inocente muchacha de provincias cuya virtud triunfa sobre quienes pretendían iniciarla en la sofisticada perversión de la "buena sociedad" parisina de los años 20: su tía materna, de pasado promiscuo y —a la fecha— hada maligna y eficiente celestina, y su primo Gastón, repulsivo *gigoló*, ansioso por añadir a Gigi —doblemente "apetecible" por su candor e inexperiencia— a la larga lista de sus conquistas amatorias.

Por el contrario, en la noche siguiente, mi atención se concentró en una sola persona, la jovencísima actriz que encarnaba a Gigi, cuyo derroche de simpatía y espontaneidad casaba a la perfección con la traviesa y chispeante idiosincrasia de su personaje.

El programa de mano contenía elogiosas críticas a su labor, que bien podía haberlas suscrito también yo: "La promesa más joven de nuestro teatro ya es toda una realidad", "Un logro absoluto", etc. Al pie del reparto, dentro de un pequeño recuadro, su nombre destacaba por encimina del de sus compañeros: *En el rol de Gigi, Inmaculada Santos.*

En la última representación, lo mismo que en la precedente, sobre el escenario para mí sólo existió ella.

Al terminar la función, sin pensarlo ni un instante, decidí ir a saludarla (quién sabe, tal vez me proponía comprobár si aquella criatura era realmente de este mundo).

Aguardé, junto a un considerable número de personas, en el pasillo que conducía a los camerinos.

Cuando salió, vi que, a la adorable imagen que ofrecía en escena, había añadido un toque personal de elegancia y distinción propias de una gran estrella (aunque aún le faltaba "muchísimo" para serlo, como solía afirmar). Llevaba un abrigo beige, cuello de piel, un lujoso bolso con hebilla dorada y unos zapatos de impecable acabado, diríanse los de la mismísima Cenicienta en el baile de palacio.

Se detuvo a estrechar las manos que le tendían —a no dudarlo, un ritual repetido infinidad de veces después de cada función, en incontables ciudades del país—. La sonrisa con que acogía las palabras de sus admiradores era sencillamente luminosa.

El recuerdo de la primera conversación que mantuvimos se asemeja a un paisaje de vivos colores en mitad de un volumen de tediosa e intrascendente lectura.

Fui una de las últimas personas en aproximarme, alentado por su cordialísima disposición hacia todas aquellas que me habían precedido. Me presenté como profesor de Literatura y crítico teatral y cinematográfico, y elogié su interpretación en términos superlativos ("demasiado generosos", a su modo de ver) y le revelé el "hecho insólito" que había tenido lugar por rez primera en mi larga carrera de espectador: deslumbrado por su belleza y juventud —y su magnífica *performance* en escena— había asistido aquella misma semana a las tres últimas representaciones de la obra. "Si todos los críticos opinan como usted y, además, ven tres veces seguidas cada una de mis actuaciones, pronto seré famosa" —apreció, visiblemente complacida.

Inmaculada hacía gala de una exquisita cortesía y quizá pensó que un "hombre de letras", entendido en teatro y cine —e impetuoso admirador digno de alguna pequeña recompensa— no era un simple componente del "gran público" a quien podía despedir de inmediato, con un *buenas noches y muchas gracias*, de modo que accedió de buen grado a proseguir la conversación.

Sin fingida modestia, manifestó que *Gigi* era, en realidad, su primer rol estelar sobre un escenario. Hasta entonces, sólo había aparecido en papelitos de niña bien con pocas frases y, a los once años de edad, en una película, *El bosque del lobo*. Me vino a la memoria, fugazmente, la figura de su protagonista, un buhonero que deambulaba por pueblos y aldeas de Galicia allá por los años 40, ofreciendo su mercancía. Todo el mundo lo evitaba y las mujeres escondían a sus niños para que él no los viese, pues se le consideraba portador de una maldición que le había convertido en un *lobimano*, si bien su aspecto inspiraba antes lástima que temor. "Yo era una de las niñas a las que él mataba" —precisó. "¡Menos mal que en cine todo es ficción!" —repuse con ademán de alivio. "Claro, por eso estoy aquí esta noche" corroboró. "Ningún monstruo se atrevería a tocarla ahora —dije—. Al contrario, se arrodillaría ante usted como el príncipe de *La Bella y la Bestia*, de aspecto aterrador, porque estaba bajo el efecto de un hechizo que sólo el amor de una doncella podía destruir, ¿recuerda? Si algún productor decidiera hacerla, usted sería la intérprete ideal —añadí, entusiasmado por la buena impresión que parecía merecerle mi discurso—. ¿No se lo han propuesto? Usted es incluso más joven que Josete Day, que estaba magnífica". "Quizá resultaría tan buena como la de Cocteau —repuso con encantadora informalidad—. Si usted también hace cine, podría proponerle que la dirigiera". "Era mi mayor deseo, pero no pudo ser" —respondí desanimado. "Pues yo, además de actriz, soy alumra de la Escuela Oficial de Cine, estudio Dirección" —informó.

Vi que se aproximaban algunos compañeros de trabajo (reconocí, por ejemplo, al primer actor, el insufrible *playboy* de la obra, tan antipático en escena como fuera de ella), además de dos damas muy peripuestas (una de ellas, tal vez la madre de Inmaculada). "Son las doce y cuarenta y cinco, había olvidado que algunos cuentos de hadas terminan a la media noche" —manifesté, con gesto resignado, viéndoles llegar. "¿El de La bella y la bestia, también?" —preguntó aún Inmaculada. "Ese más temprano que todos: ella cenaba todas las noches a las siete, bajo la mirada del monstruo que la contemplaba extasiado". Asintió, dando a entender que lo recordaba.

Dirigí una venia, por cortesía, a las personas que ya estaban junto a nosotros y le di la mano de nuevo, reiterándole mis plácemes.

Fui el último espectador en abandonar el teatro. Eché a andar en cualquier dirección, ensimismado, repitiendo mentalmente su nombre, como si temiese olvidarlo al despertar (¿acaso no era todo un bonito sueño?). Venía a desmentirlo, no obstante, su agradable voz, que aún creía escuchar, mi propia mano, que había estrechado la suya unos segundos, y en la que me parecía percibir su tacto de terciopelo, su calor de vida, un rastro, desvaído, de perfume.

En un momento dado, me encontré en la barra de un bar, ante una taza de café que no recordaba haber pedido. Regresé a casa caminando muy despacio, subí abstraídamente los peldaños que conducían a mi habitación (no sabría decir si eran treinta y cinco o trescientos cincuenta).

Me despojé de la americana y la corbata y me tendí en el lecho, cubriéndome con un edredón.

Tardé mucho en quedarme dormido, con la vana esperanza de soñar que continuaba mi conversación con Inmaculada Santos: un palacio encantado, prodigios, un renacer milagroso (el del príncipe, en brazos de la Bella)... ¿Cuánto hacía que no hablaba de todo eso? Y, por si fuera poco ¡con una criatura que parecía haber salido de las páginas de un auténtico cuento de hadas!

No volví a tener noticias de su paradero en mucho tiempo. Encontrar alguna referencia a su persona o actividad en las revistas dedicadas al mundo del espectáculo en general, era imposible. ¿Qué podía tener ella que ver con esos deleznables semanarios, repletos de "famosos" de pacotilla, que hacían las delicias del basto público al que iban dirigidas?

Tampoco aparecía en ninguna película reciente, sin duda por razones de autoestima, pues la producción cinematográfica nacional de los 80 era pródiga en comedias para consumo interno, chatas, vulgares y de pésimo gusto: resultaba impensable que Inmaculada se aviniese a rodar cualquiera de esos guiones, a ningún precio.

Durante aquel largo paréntesis, su recuerdo constituyó para mí una inestimable y privadísima fortuna que administraba con avaricioso regocijo, evocando una y otra vez lo sucedido aquella noche "mágica" (de hecho, yo la viví como tal).

A menudo me preguntaba si, en algún momento de su ajetreada actividad (si la compañía iba de gira, por ejemplo) acudiría a su memoria la imagen de aquel rendido admirador que una noche fue a presentarle sus respetos, luego de asistir por tercera vez consecutiva a la representación de *Gigi* (lo cual ella consideró especialmente halagüeño) y, radiante de satisfacción, la colmó de elogios, como si se encontrase ante la propia Sarah Bemhardt.

Volví a verla en circunstancias inimaginablemente propicias para entablar una conversación, más extensa y satisfactoria (dentro de lo que cabía) que la primera vez: la cena de gala del XXV de Televisión Nacional, acontecimiento muy destacado en el incipiente panorama mediático del país.

El padre de uno de mis alumnos era periodista y se desplazaba a Madrid en calidad de corresponsal para cubrir el evento. Dado mi manifiesto interés por estar allí presente, tuvo la gentileza de facilitarme una invitación.

El salón, de plata oval y con ventanales cubiertos por gruesos cortinajes de terciopelo rojo, se encontraba plenamente iluminado y repleto de muchas y bien provistas mesas, en las que todos los asistentes tenían un sitio reservado. La plana mayor de TV y los directores de los diferentes programas compartían mesa y mantel con el Ministro de Cultura e Información y los ejecutivos de los periódicos más importantes.

Recorrí con la mirada la larga hilera de comensales —lento *travelling* horizontal— y la reconocí en el acto, entre las más jóvenes y elegantes damas que ocupaban la "Mesa de Honor". ¡Lo que hubiera dado por un asiento junto a ella!

Había muchas otras mesas, naturalmente, que colmaban la capacidad del salón, destinadas a los corresponsales de prensa y radio, que habían disparado ya casi exhaustivamente sus *flashes* según habían ido llegando todos los convidados importantes. Comían y bebían tranquilamente, aguardando el final de la cena —discursos de rigor incluidos, en los que casi todo el mundo tenía algo que agradecer a casi todo el mundo— para lanzarse a la captura de nuevas imágenes y entrevistas que al día siguiente ocuparían lugar de privilegio en las notas de sociedad, revistas y emisiones radiofónicas.

También yo (si bien por muy distinto motivo) aguardaba ese momento, en la confianza de que Inmaculada no me tomase por alguno de aquellos pesados e indiscretos "cazadores de noticias".

Cuando el ceremonial tocó a su fin, tuvo lugar un previsible y bastante caótico "segundo acto", a cargo de los numerosos cronistas que se emplearon a fondo para ultimar su trabajo.

Inmaculada tuvo palabras amables para todos aquellos que la abordaron, habituada como estaba a ese tipo de situaciones. Por fortuna, sus interlocutores fueron razonablemente breves, acuciados por la necesidad de obtener el mayor número de testimonios en directo del mayor número posible de las "personalidades" allí reunidas.

Me aproximé a ella en cuanto dispuse de una oportunidad y, a diferencia de las aves de presa que venían acosándola, le di la mano, rompiendo el protocolo mantenido hasta ese momento por sus numerosos entrevistadores. "Buenas noches, Inmaculada. Está usted espléndida como siempre —dije—. ¿Se acuerda de mí?" Demoró unos segundos en reaccionar. "Sí, espere... Fue a verme en *Gigi* tres noches seguidas, en el Teatro Moratín, ¿a que sí?" "Lamentablemente para mí, de eso hace ya una eternidad" —repuse. "Enseña filosofía o literatura, si mal no recuerdo. ¿También es periodista?" "Tanto como director de cine, o sea, nada de nada". Si no era periodista y (al menos que ella supiera) tampoco trabajaba en TV, ¿qué hacía allí aquella noche? "Ya lo habrá adivinado. Vine a Madrid con el exclusivo propósito de volver a verla —manifesté—. Por suerte, no faltó un amigo que me echara una mano". "Lástima, pdría haberle dado alguna primicia —dijo, en broma—. ¿Aún piensa que soy la actriz más deslumbrante que vio sobre un escenario?" Me halagó que recordara mis palabras. "Positivamente" —aseveré, en tono sentencioso.

Le confesé que había empezado a creer que conocerlahabía sido sólo un sueño. La auténtica "primicia", por lo que a mí respectaba, consistiría en saber qué hizo durante todo ese larguísimo "interregno". "Repasaba la cartelera teatral todas las semanas, incluso la del cine —precisé—. Infructuosamente". "Tengo una buena noticia para usted, en premio a su fidelidad y constancia, pero se la daré al final —prometió, sonriendo halagadoramente—. Antes, le cuento a que se debió mi larga *desaparición*".

En primer lugar, la razón de su (voluntaria) ausencia de las pantallas coincidió con lo que yo había imaginado: ninguno de los papeles que le habían propuesto poseía interés ni calidad, sino todo lo contrario, y ella no estaba en absoluto dispuesta a empañar su emergente prestigio de actriz teatral con ese tipo de "publicidad negativa".

En teatro, había protagonizado un par de clásicos (Lope de Vega, Calderón) que sólo se representaron en Madrid. Además, había concluido ya el tercer año de sus estudios cinematográficos, ¿se lo comenté aquella vez, que algún día espero ser directora? ¡Incluso ya tenía algunas ideas para su cortometraje de final de carrera! "Y es que, por momentos, tengo la impresión de que vivo demasiado de prisa..." —añadió. La reseña de sus actividades creativas suscitó, por mi parte, admirativos comentarios, pero Inmaculada, sin apelar a una fingida modestia, afirmó que no se consideraba un caso extraordinario en cuanto se refería a sus proyectos: lo más importante en la vida era fijarse una meta y luego poner todo el empeño posible en alcanzarla. De hecho, varios de sus compañeros de escena ampliaban sus conocimientos teatrales en La Comedie Française, en Milán, con Giorgio Strehler, incluso en Moscú... Eso sí, había que estar dispuesto a infinidad de pequeñas renuncias y grandes sacrificios. En lo tocante a ella, por ejemplo, hacía mucho tiempo que no leía un buen libro (sólo el texto de las obras que debía interpretar ¡y aprendérselo luego de memoria!) Tampoco había visto ninguna película interesante en los últimos meses, y apenas hacía vida social: todo el tiempo se le iba en ensayos, funciones, giras... francamente agotador. "El precio de llegar a ser *alguien* en mi profesión... Más o menos como en cualquier otra, supongo" —agregó, restando importancia a sus palabras. Tan sólo en verano (y no todos los años) disponía de tiempo para satisfacer su "otra" pasión: viajar. Había estado en Grecia, claro estaba, la cuna del teatro universal, Egipto, La India. Nunca olvidaba llevar su cámara fotográfica y una filmadora, como el resto de sus "compañeros de aventura" (mencionó a uno o dos actores de televisión). El material se le iba acumulando en casa, a la espera de que un día pudiese montar una película documental "colectiva", una especie de diario de viaje en imágenes, las mejores que ella y sus amigos habían logrado capturar. "Es lo que hay, por el momento —concluyó—. El tiempo dirá..."

La "buena noticia" que me había prometido me colmó de satisfacción: dentro de poco, Inmaculada reaparecería en la pequeña pantalla, presentando un programa titulado *Fin de semana*. Se emitiría los viernes por la noche, entre las 21,30 y 22 horas (*prime time*) y básicamente constituiría en un adelanto de la programación cultural (cine, en especial) que se podría ver a lo largo de la semana. Una cosa ligerita, matizó, lo justo para permanecer en contacto con la audiencia, pues, como bien había dicho yo, llevaba "desaparecida" bastante tiempo. "No creo que nadie pueda olvidarla, aunque la haya visto una sola vez" —apunté. "Usted es un caso aparte —repuso—. El público en general suele ser mucho menos constante".

También en aquella oportunidad (debo reconocer que más justificadamente que nunca) la prosaica realidad terminó por imponer su ley: me vi obligado a devolverla al mundo al que pertenecía. Después de todo, aquel salón no era la cubierta de un transatlántico de lujo, ni ella y yo estábamos solos, bajo la luna del trópico. De un momento á otro, nos vimos rodeados de amigos y conocidos suyos, que intercambiaron con ella besos y expresiones afables y se embarcaron en animada conversación, apelando a los tópicos de rigor y a uno que otro chiste privado. Con exquisita cortesía, Inmaculada me presentó como un amigo "muy especial", adicto al teatro y que no se perdía ningún estreno (!), lo que me permitió participar unos minutos (me parecieron eternos) en la tertulia que se había generalizado. Estimé oportuno abandonar educadamente el "escenario", pues resultaba obvio que nuestra charla no podría continuar en los mismos términos. Saludé una vez más a todos los componentes del grupo y me despedí de Inmaculada agradeciéndole el "precioso tiempo" que me había dedicado. Su respuesta tuvo un efecto balsámico para mi disimulada contrariedad. "Si un día viene por Madrid, me agradaría continuar esta conversación" —dijo.

Entretanto, podía escribirle a TV, mencionando el título de su nuevo programa. "La opinión de los espectadores es muy importante en un trabajo como el mío, aunque me temo que la suya no será muy objetiva" —añadió.

La noche de los viernes se convirtió para mí en una cita ineludible a la que acudí durante el tiempo que *Fin de semana* se mantuvo en antena.

Inmaculada ocupaba un cómodo sillón, con una lámpara de pie, detrás, que sugería una sala de estar, parecida a la de cualquiera de los hogares hasta los que llegaba el programa. Su tono, cortés y familiar a un mismo tiempo, contribuía a "acercarla" al espectador, y su vestuario, cuidadosamente seleccionado para cada emisión (rosa pálido, azul celeste, gris perla) armonizaba con su figura grácil y esbelta, su cabello rubio y sus ojos verde esmeralda.

Tras los títulos de crédito, Inmaculada daba las buenas noches a los televidentes, la mirada puesta en la cámara y una seductora sonrisa que potenciaba su natural atractivo, y entraba de inmediato en el tema, a fin de que algunos espectadores reñidos con la cultura no pensaran que aquella angelical presentadora estaba a punto de endosarles alguna aburrida charla sobre cine o teatro, plagada de referencias cultas que sonaban a sánscrito. Todo lo contrario, tras un brevísimo preámbulo, les invitaba a disfrutar de una variada gama de películas de diversos géneros, especificando día y horario, mientras se sucedían en la pantalla las escenas más llamativas de los films anunciados, americanos, en su mayoría, en los que intervenían actores muy conocidos por el gran público.

Al despedir el programa, su rostro ocupaba un primer plano (quince sublimes segundos) en los que me dominaba la arrebatadora impresión de que hablaba únicamente para mí.

Apagaba de inmediato el televisor, me dirigía a mi escritorio y —en lugar de corregir exámenes o repasar mi agenda del día siguiente— me ponía a rellenar cuartillas, manuscritas, algo similar a cartas en borrador (barrocas, metafóricas, ditirámbicas) que, invariablemente, acababa en la papelera algunas horas después, por horrendas y disparatadas.

Refrenando mis efusiones lírico-filosóficas, opté, en cambio, por la sensata decisión de enviarle sólo de vez en cuando, pocas y atinadas frases, comedidas y sobre todo inteligibles, en consonancia con lo que cabía esperar del sujeto culto y atildado que ella conocía. Para incrementar su "valor" las redactaba en el reverso de esas postales que reproducen pinturas famosas o la fotografía de algún célebre escritor.

No fueron demasiadas y sólo la primera intentó captar la impresión del "espectador medio": estaba visto que no lo era, en absoluto, pues me costó mucho escribir algo tan soso e impersonal que casi me avergonzaba. *Fin de Semana es un espacio grato, relajante. Estoy seguro de que todos los televidentes lo siguen con interés.*

Antes de que Inmaculada pensara que había sufrido algún cortocircuito cerebral, en la próxima, volví a ser yo mismo: *"Más de uno o dos (millones) de aficionados al cine verán las películas de TV sólo porque usted las recomienda. ¿Quién podría resistirse a tan seductora invitación?* Y así, en adelante. *Tiene usted un increíble buen gusto en elegir su vestuario. Podría alternar su trabajo en TV con el de modelo de alta costura (sin dejar el teatro, los estudios de cine y los viajes). ¡Demasiado para una princesa!*

Fin de semana, se emitió sólo un par de temporadas. Creí adivinar que Inmaculada deseaba tener a cargo un programa de mayor calado.

Mi impresión se vio corroborada muy pronto: tras el paréntesis veraniego de aquel año, pasó a presentar —con guiones propios y también a una hora de máxima audiencia— *El mundo que vivimos*, consagrado en exclusiva a su "pasión y profesión", el teatro. Reseñaba estrenos del panorama internacional (*off* Broadway, el West End londinense, la Comédie Française), repasaba la cartelera de Madrid y terminaba cada programa con una entrevista a figuras destacadas de la escena nacional, en aquellos momentos con alguna obra en cartelera (Mary Carrillo, José Mª Rodero, Luis Prendes, Nuria Torray...)

Un día me enteré, echando un vistazo a la cartelera de espectáculos, que Inmaculada había vuelto al escenario con una comedia de Miguel Mihura, *Tres sombreros de copa*, a mi juicio, la mejor de este autor. Tras una exitosa temporada en el Teatro María Guerrero, la compañía había emprendido una breve gira por tierras de Castilla.

Me las compuse para asistir al estreno de la obra en Toledo.

Mi presencia allí, por inesperada, diría que se le antojó aún más grata. Al finalizar la función mantuvimos una charla que nada tenía ya de protocolario: se había convertido en el reencuentro de dos verdaderos amigos que compartían sólidas y profundas afinidades. "(¿Usted, en Toledo?" Déjeme adivinarlo: vino por el Greco y de paso se dejó caer por aquí esta noche..." "Negativo, le pongo un suspenso en dotes adivinatorias —sentencié—. Además, prefiero a Velázquez. Y correspondiendo a su interrogativa mirada, añadí: "Leí lo de la gira en el *ABC*. Y como en esta ocasión no visitarían el Moratín, aquí me tiene. Permítame decirle que ha estado sobresaliente. Su dominio del oficio es completo, casi absoluto. Y esta vez no peco de generoso. Pronto no habrá rol que se le resista. ¿No ha pensado interpretar *Efigenia en Aulide*? ¡Un papel hecho a su medida!" "¿Más trabajo? ¿No le parece bastante con el que tengo...? —replicó, con fingido enfado—. Aunque... si quiere que le diga la verdad, su idea es genial... Ifigenia, vaya tentación..." "Entonces, ¿por qué no sacarla adelante, dentro de una o dos temporadas, por ejemplo?" "Los productores prefieren invertir en vodevíles, en revistas picantes o en malas películas. Es más rentable" —lamentó. "¿Atrapada, como de costumbre, entre TV y los escenarios?" —indagué, cambiando de tema. "Sí, pero esta vez pienso aprovechar mis dos semanas de vacaciones, cosa que no hice el año pasado" —manifestó con determinación.

Inmaculada no recordaba si, en nuestra última conversación, me había hablado de un viejo anhelo, aún no satisfecho: un largo recorrido por el Norte de Africa. Argelia, Túnez, Marruecos, ¡aquello tenía que ser fascinante! Había visto muchísimas fotografías, reportajes, documentales, pero nada de eso era comparable al hecho de experimentarlo por sí misma. Y es que, desde muy jovencita, el desierto la había atraído como un imán. "No me extraña, tiene usted aire de princesa de leyenda —estimé—. Es posible que haya estado en esos lugares en alguna vida pretérita..." "Francamente no lo recuerdo —bromeó—. Pero si fue así, quiero verlo todo de nuevo *también en esta*". "Leyendo a Camus me moría por conocer Orán, y también Argel, la Casbah... Ya sabe, ambicionamos muchas cosas, pero conseguimos muy pocas.

La vida, a menudo —lo digo por mí— no está a la altura de nuestras expectativas. La mayor parte de mis *experiencias* son únicamente literarias... Por cierto, Antoine de Saint-Exupéry era quien describía con mayor belleza y sensibilidad sus sentimientos respecto al desierto, que sentía casi como propio" —recordé. Inmaculada conocía *El Principito*, claro estaba, y *Correo del Sur* y *Vuelo nocturno*, que había leído en el colegio, las dos primeras novelas del autor en las que no habla de su amado Sahara con el sentimiento y la galanura manifiestos en *Tierra de Hombres*, que le recomendé leer. "Será lo primero que haga cuando regrese a Madrid" —aseguró.

El tiempo que vivimos había consolidado rápidamente una audiencia fiel y estable, incluso entre aquellas personas que no solían frecuentar las salas teatrales, o lo hacían muy esporádicamente. Inmaculada tenía material para muchos programas, de modo que lo mantendría durante varias temporadas. Renuncias y sacrificios, dije, recordándole sus palabras. Ni más ni menos: muy pocos imaginaban cuánto costaba "hacerse un lugar" y conservarlo (puede llamarlo *fama*) en una profesión como la suya. Por eso su viaje aún no tenía fecha fijada. "Encontrará el momento adecuado para hacerlo, es usted metódica, tenaz y valiente —la conformé—. Saint-Ex puede esperar..."

A eso siguió un *tempo* largo, elegíaco, como el de las grandes obras sinfónicas.

La tenía presente a todas horas, en especial si leía un libro o iba a ver una película que también hubiera sido de su agrado. El recuerdo de nuestras conversaciones —y las peculiares circunstancias bajo las que habían tenido lugar— me desbordaba de satisfacción. Su presencia (virtual cada semana) y, el resto de los días, invisible y benefactora, ponía alas a mi rutinaria existencia, abreviaba mis horas, logrando que experimentarse por fin la profunda y casi desconocida sensación de estar a gusto conmigo mismo.

Jamás mencioné a persona alguna de mi entorno (merecedora de cierto grado de confianza) mi incógnita amistad con Inmaculada Santos, por temor a que ese hermoso sueño de pleno día perdiera por esa causa algo de su encanto y misterio.

¿Cuándo volveríamos a encontrarnos?

Pronto, no cabía duda, en alguna noche de estreno.

¡Y a su regreso de África! Podría hacerle una larga y gratísima visita, puesto que aquel secreto anhelo del que me había hecho partícipe, se habría convertido ya en realidad...

Mi relación con Inmaculada había superado muy pronto el carácter de mero y anecdótico episodio: anónimo admirador, al principio, amistad consolidada, después: nada que ver con un devaneo de idealista contumaz y, probablemente, bastante estúpido.

Desde que la había conocido, vivía un estado anímico distinto, renovado, con un beneficio añadido: había empezado a cuestionarme, por vez primera, la importancia *real* de mi despreocupado y hasta cierto punto elitista modo de vida que, no obstante, se me antojaba susceptible de crítica, al menos en un aspecto concreto: el disfrute en solitario de la naturaleza y el arte en sus infinitas formas y manifestaciones, devenía, sin duda, gratificante, enriquecedor, etc., pero casi en igual medida, improductivo, desde una perspectiva racional y social. Había hecho de mí un hombre ilustrado, quizá digno de envidia en algunas cuestiones menores, pero a la postre, sin relieve propio, inidentificable, una especie de viajero sin rostro cuya liviana huella en la arena borra el viento.

Ella, por el contrario, se enriquecía, tanto cuanto mayor era la medida en que luego transmitía sus experiencias y emociones a los demás, como los auténticos artistas y creadores.

Su ejemplo podía ayudarme, de paso, a superar "el peor de mis defectos" (opinión de personas cuyo aprecio por mí estaba fuera de toda duda): no plantearse nunca, seriamente, la trascendental cuestión de *mi* futuro, que dejaba siempre "para más adelante". En este sentido creí advertir que, bajo su generosa influencia, mi habitual "pasividad" iba siendo lentamente desplazada por una corriente de inédito optimismo y confianza en mis propias posibilidades.

Inmaculada había despertado en mí una especie de fe de converso, que se adhiere a una causa nueva como a una revelación que intuye reorientará y dignificará su vida. En mi caso, la *realización personal*, todo un reto, que podía redimirme de una vida vivida sólo a medias (en el fondo, algo muy similar a un fracaso o a una impostura). Para hacerme digno de su admiración, Inmaculada era el modelo a imitar, por su tesón y voluntad puestos al servicio de sus nobles objetivos. El único límite era la medida de mi propio talento para lograrlo, y el amor que le profesaba, en secreto, la genuina fuente de inspiración que guiaría mis pasos.

Literatura, para empezar, la posición desde la que podía avanzar con mayor seguridad y rapidez.

Madrid, su ciudad natal, podía marcar el inicio de mi carrera literaria, con la ayuda (imprescindible) de personas influyentes del mundillo editorial con quienes, sin la menor duda, Inmaculada —por su posición social y artística— mantendría relaciones de amistad.

Y luego, cine, ¿por qué no?

¡De pronto, todo me parecía factible! Incluso una hipotética colaboración de amigo, guionista y escritor, historias que mi imaginación puesta a su servicio le ofrecería para que luego las interpretase en la pantalla, además de una meticulosa labor de "asesoría artística", eligiendo y aconsejándole aquellas obras teatrales que mejor cuadraban con su belleza y temperamento... ¿Todo eso significaba *planificar el futuro*? ¡Cuánta razón tenían entonces mis buenos amigos, insatisfechos con un simple profesor de Instituto que, según ellos, podía llegar "mucho más lejos".

Con el entusiasmo propio de quien descubre una insospechada fuente de riqueza y se pone a cavilar sobre el mejor modo de administrarla, intuía que mi vida podía desembocar, finalmente, en una envidiable síntesis de *ficción* (en la que había permanecido anclado muchísimo tiempo) y *realidad objetiva*. Raro prodigio de equilibrio entre razón y creatividad, casi tan insólito como nacer por segunda vez.

Aquel inapreciable y extraordinario beneficio se lo debería a Inmaculada Santos... ¿cómo agradecérselo?

Poniendo en su conocimiento, en el momento oportuno, mis ambiciosos propósitos: el año que viene me trasladaré a Madrid y consagraré a la literatura todo el tiempo que la docencia me lo permita. Mi primer libro estará dedicado a usted.

Poco tiempo después, Inmaculada me comunicó que ¡por fin! haría efectivo *su viaje*, tantas veces postergado. No lo haría en Pascua, como había previsto en principio, sino durante la segunda quincena de diciembre, por dos razones: dispondría de mayor número de días libres y la climatología se mostraría más benigna en aquellas fechas. *Seguí su consejo, leí Tierra de Hombres* —añadía—. *Estoy en deuda con usted por recomen-*

darme un libro tan fascinante. ¡Hermoso preámbulo para un viaje tan esperado!

El destino del hombre está siempre en manos de los dioses: ¿quién no ha leído una y mll veces esta ominosa advertencia en obras literarias o filosóficas, algunas de ellas escritas hace ya mil o dos mil años?

Sean los tales *dioses* grandes o pequeños, alados o cuadrúpedos, naden como focas o se arrastren como serpientes, visibles o invisibles —en definitiva, existan o no— el enunciado es de una evidencia incuestionable y se traduce en el hecho cotidiano del que todos hemos sido testigos (o víctimas) en alguna oportunidad: la vida es susceptible de cambiar de rumbo de un momento a otro, imprevista y dramáticamente, con la olímpica frialdad e indiferencia que se atribuyen a aquellas criaturas superiores que según los griegos, mueven a placer los hilos de su teatrillo de marionetas que es para ellos el mundo entero. Golpes de fortuna, también los hay, pero en muchísima mayor proporción resulta común que sus veleidades tengan trágicas consecuencias, algunas mortales de necesidad, como una estocada a pecho descubierto. Ejemplar escarmiento que recibe todo confiado individuo que un día se atreve a creerse escultor de su propio destino, para demostrarle que el fuego fatuo de sus fantasías no ilumina la noche de los hechos consumados.

El 21 de diciembre de 1989, pasé a engrosar la desdichada legión de "indiscriminadas víctimas de los avatares de la vida".

En aquella fecha fatídica, durante su habitual servicio informativo de la noche, TV concedió prioridad a una "lamentable noticia" que se acababa de recibir: el trágico fallecimiento de Inmaculada Santos, acaecido a 125 kilómetros de la localidad de Dajla (Marruecos), donde se encontraba disfrutando de unos días de vacaciones.

Las circunstancias del hecho, aún no del todo esclarecidas, apuntaban a la posibilidad de un vuelco de campana del *jeep* todoterreno que ella conducía, a causa de un brusco cambio de dirección, para evitar un obstáculo imprevisto, quizá una roca o un profundo desnivel del suelo. Sus acompañantes habían resultado heridos de diversa consideración, pero Inmaculada había muerto en el acto. "Actriz de teatro y cine y actual directora de los espacios culturales de esta casa —que fue para ella un segundo hogar desde muy temprana edad—, deja un vacío difícil de llenar por sus extraordinarias cualidades humanas y profesionales. Televisión Nacional está hoy de luto por Inmaculada Santos —concluía pesarosamente el parte informativo.

El azar (¿se llama así?) determinó que al día siguiente llegara a mis manos una postal suya, fechada cuarenta y ocho horas antes de su deceso. *Querido amigo: anoche, en lo más profundo del cielo, vislumbré la estrella del Principito. Aquí abajo, en la tierra, a la luz de la luna, las dunas que me rodean parecen hermosas muchachas dormidas,* había escrito.

Suele acontecer con cierta frecuencia que lleguen hasta nosotros,a través de la prensa o los libros, testimonios de gravísimos contratiempos, personales y familiares, de carácter irrevocable, que ponen de manifiesto la extraordinaria capacidad de sufrimiento y resignación de la naturaleza humna, abocada a situaciones-límite que, sin embargo, afronta con insospechado temple y, sobre todo, firme determinación de superarlas.

La razón aconsejaba asumir cuanto antes conciencia de la pérdida sufrida e intentar luego arrancar del fondo de mis entrañas la necesaria porción de lucidez y coraje que me permitiera sobrellevar el peso de sus consecuencias, pero, dada mi peculiar idiosincrasia, en ningún momento abrigué la esperanza de que las cosas se recompusieran pronta y sencillamente.

La desaparición de lnmaculada me eclipsó por completo.

Ningún estímulo cultural, por atractivo y novedoso que se presentara, tuvo el menor efecto sobre mí. Cine, teatro, música culta, televisión, dejaron de existir, como si aún no hubieran sido inventados. La prensa escrita, cuyos titulares leía con desgana a la hora del desayuno en cualquier bar de camino al colegio, se convirtió en mi única referencia del mundo real. Mis lecturas se redujeron a tan sólo aquellos temas concernientes a mi materia. Cuando terminaba la clase, era el primero en marcharme, eludir los corrillos de profesores que se formaban espontáneamente, mientras se ponían los abrigos o daban un último vistazo a sus carteras siempre repletas de papeles.

El hecho de no haber sido nunca considerado un elemento "sociable", contribuyó a disimular, en cierta medida, mi retraimiento. Sin embargo, era inevitable coincidir, en determinadas horas del día, con algunos colegas en los pasillos o a la entrada del establecimiento, y entablar una breve tertulia; creía percibir entonces las miradas —discretas y vagamente cómplices— que intercambiaban entre sí, pues resultaba obvio que no acababan de explicarse el motivo de aquel constante *spleen*.

Mi enconado hermetismo, que cada día me costaba más disimular, se prolongó varios meses, hasta que abandoné la ciudad.

Rellené una solicitud de traslado, efectiva a partir del próximo curso, sin expresar preferencia alguna de lugar o región. Ironías del destino: hacía muy poco tiempo había decidido hacer exactamente lo mismo, manifestando mi deseo de ocupar una vacante en cualquier colegio público de Madrid... que, a la fecha, era la última ciudad del mundo que hubiera elegido para vivir.

Algunos meses después, en una fría mañana de abril, fui a visitarla al Cementerio de la Almudena, en Madrid.

En un puesto de flores, frente a la entrada principal, compré una docena de rosas, rojo intenso, frescas, bellísimas. La torre de Televisión Nacional, como un faro-guía, de esbelto trazado y rematada por un espolón que se perdía entre las nubes bajas, era visible desde allí (*su segundo hogar, desde edad muy temprana...*). En aquella inmensa ciudadela poblada por mudos cipreses, mausoleos de mármol y de cristal, ángeles custodios, vistosos crucifijos de bronce y acero y de múltiples, tristes y vacías calles sin nombre, cuyos sobrios muros de ladrillo encalado ostentaban tan sólo un número indicativo, Inmaculada Santos era apenas una referencia manuscrita, con tinta negra, en el voluminoso Libro de Inhumaciones que correspondía al año de su deceso, a continuación de otras miles que antecedían a su nombre y apellidos, que no me atrevía a mirar. El encargado me tendió un pedazo de papel con los escuetos datos que precisaba para encontrar su nicho: *Sector Nuevo, Sección A, Calle 26, N°...*

Percibía tan sólo el crujido de la gravilla bajo mis pisadas mientras me iba aproximando al lugar en el que ella me aguardaba: *me agradaría proseguir esta conversación...*

Su nicho no me pareció uno de tantos que se multiplicaban por doquier, a millares, en toda la extensión de aquel lugar consagrado a la muerte y al silencio de la muerte, aunque estuviese construido con los mismos materiales que los demás y guardase prolija simetría respecto a los que había a derecha e izquierda, como también por encima y debajo suyo. Vi lo que verdaderamente allí había: un pequeño altar pleno de vida y fulgor, un oasis... Volvió a mí, con la dulzura del aleteo de un pajarillo, el recuerdo de su sonrisa, la luminosidad inocente y juguetona de sus ojos, del tacto de su mano en la mía...

Nunca podría agradecerle el inmenso bienestar que me procuró el hecho de que entrara en mi vida: desde aquel momento, dejé de estar solo... Lejos de imaginar que, a la vuelta de unos cuantos años, volvería a estarlo, esta vez de manera irreversible y definitiva, y abrumado por la certeza de que nada de cuanto había pasado por mi imaginación durante aquella dichosa época podía hacerse realidad. Se había desvanecido incluso el consuelo de evocar su imagen en la distancia oscura e impenetrable que nos separaba físicamente, rememorando nuestro último encuentro, intentando imaginar cómo y cuándo se produciría el próximo, en las noches de la gran ciudad que yo habitaba, tan alejada de aquella otra, la suya, como el alba del atardecer... Inmaculada Santos, amadísima amiga mía, ¡cuántos nobles pensamientos te debe mi mente febril y atropellada! ¡Cuán vasto territorio de luz y de calma descubrí detrás de tu hermosa mirada!

Un profundo pesar doblegaba mi ánimo, comparable al de un artista privado súbitamente del motivo que alimentaba su energía creadora, ante su obra inconclusa. En mi caso, no se trataba de un cuadro, ni de un libro (que jamás llegaría a escribir), ni siquiera de un puñado de malos versos; peor aún, lo que su ausencia me había dejado en las manos era el miserable borrador de un proyecto de futuro que, sin ella, nunca podría adquirir verdadero sentido ni dignidad.

No podría dar cuenta precisa del tiempo que permanecí allí, percibiendo en el fondo de mí mismo, cuanto mayor era mi ensimismamiento, el hálito de su invisible presencia, ingrávida y silenciosa, en adelante —y para siempre— la propia de un amado fantasma.

El cielo gris había ido dando paso a una lluvia ligera y persistente. Tenía el cabello mojado y la ropa, humedecida. Contemplé unos instantes las rosas que había dispuesto con esmero a ambos lados del nicho, que lucían en sus pétalos minúsculas perlas cristalinas, directamente venidas del cielo. Volví a leer su nombre, como antes, incontables veces, en programas de mano de representaciones teatrales, en la pantalla del televisor, cada semana, a lo largo de muchos meses —y que ahora aparecía escrito con letras de oro sobre blanco mármol, dignas de la morada de un ángel— y tuve para ella un postrer pensamiento: Saint-Ex, nuestro amigo, también murió prematura y absurdamente, pero ahora vive en la memoria de todos. Como lo harás tú en la mía, mientras permanezca aferrado a mi desdichada existencia, princesa del desierto...

Mientras aguardaba el autobús de retorno a la ciudad, contemplé unos instantes la carretera hacia Vicálvaro, que pasaba por allí: momentáneamente libre de tráfico, se perdía en un horizonte bajo, remoto y ceniciento. Se me antojó una fidedigna y apropiada imagen de lo que en adelante sería mi vida sin ella...

Epílogo

Alejarme de la capital había sido el único objetivo que me decidió a pedir mi traslado. De ese modo llegué a Calvià, que bien pudo ser cualquier otra ciudad de provincia con un puesto vacante para un profesor de mi asignatura.

Me interesaba, por encima de todo, algo similar a un relativo "anonimato" (como el que suelen buscar los sujetos de pasado oscuro o problemático) que sólo podía proporcionarme un entorno profesional inédito, en el que nadie pudiera imaginar ni remotamente la causa que me impelía a huir de mí mismo (sin salir de mi propio encierro), convertido, desde hacía ya largos meses, en punto menos que un fantasma en el mundo de los vivos.

Calvià, aquella hasta entonces desconocida ciudad del interior del país, de una severa y casi tosca sobriedad, pasó a ser escenario de una nueva (?) etapa de mi existencia, reservada y distante en mayor medida de la habitual. Actitud a la que nadie pareció conceder especial importancia (casi un alarde de discreción, muy de agradecer) en parte debido, supongo, al eficiente trabajo que vino a corroborar las buenas referencias que figuraban en mi expediente académico.

Durante los primeros meses del curso, logré

una más que aceptable sintonía con el nuevo alumnado, resolviendo a la vez, con relativo éxito, el importante tema de mi "tiempo libre" (paseos, desplazamientos a la capital, etc.)

En las vacaciones de Pascua y, en especial, durante el verano de mi primer año en Calvià, realicé un par de viajes al extranjero, como solía hacerlo en tiempos de feliz memoria. Sin embargo, en estas ocasiones, el objeto primordial era "distraer la mente", pasar los días olvidado de mí mismo, por así decirlo. De ahí que eligiese destinos mediocres, indiferentes: ningún lugar del mundo en el que Inmaculada no estaba ni volvería a estar jamás, me atraía. El individuo cuya sensibilidad, siempre atenta a nuevas e inéditas sensaciones, que antaño se impregnaba de arte e historia allí por donde pasaba, había dejado de existir.

Me limitaba pues a deambular por ciudades de nombres extraños, sin que su decadente atractivo llamase mi atención, visitaba sitios pintorescos simplemente porque me veía rodeado de gente atareada y satisfecha que adquiría *souvenirs*, curioseaba las tiendas en las que nada concitaba mi atención.

Por la noche, extenuado en cuerpo y alma, a menudo sin haber pronunciado una sola palabra durante el día —excepto para dirigirme a algún camarero en un idioma que no era el mío—, volvía al hotel, tomaba un par de somníferos y me hundía en el aparente sosiego de largas horas de sueño.

Nunca volvería a ser el de *antes de Inmaculada*, ni a disponer de otra oportunidad de llevar a cabo un plan casi perfecto de realización personal, acorde con los merecimientos individuales que se me atribuían y las circunstancias que, en un momento dado, parecieron inmejorablemente propicias para intentarlo.

Sin embargo, transcurrido el primer año de mi voluntario exilio, mi imagen se me iba antojando algo menos patética y descompuesta que la del superviviente en fuga hacia ninguna parte que una tarde de septiembre puso pie por primera vez en Calvià.

Mi labor docente era apreciada y eso me incentivaba a dedicarle muchas horas, con la perspectiva, ya expresada, de contribuir a formar lectores con criterio propio y quién sabe si incluso orientar en sus primeros pasos literarios a algún futuro poeta o narrador local, que el día de mañana me recordaría con gratitud.

El trabajo, concienzudo, y el tiempo libre de fin de semana, bien empleado, producían en mí un efecto levemente desestresante. No podía considerarlo *bienestar* en la cabal acepción de la palabra, sólo algo semejante a un estado de "convalecencia", estanco, impreciso, que por su propia naturaleza jamás desembocaría en un completo restablecimiento, extremo que no ambicionaba a alcanzar, en absoluto: las heridas del alma nunca cicatrizan por completo, ni mucho menos desaparecen, pues son parte de nosotros mismos, retazos de historia personal, un día quizá grises o desvaídos, como fotografías de un viejo álbum.

Inmaculada Santos vivía en mi recuerdo y continuaría haciéndolo; me había acompañado durante un breve tramo de mi existencia (el más luminoso y esperanzador, gracias a ella), haciendo aflorar en mi espíritu la ilusión y la fantasía, ausentes durante mucho tiempo de mi vida. El resto, importaba muy poco.

Había empezado a comprender ya, por otra parte, que sólo el paso del tiempo disipa el temor de enfrentarnos todos los días a nuestra propia mirada y bajar los ojos, avergonzados. Para eso hacía falta únicamente que los días se fueran convirtiendo en largos meses y éstos, en años, hasta que por fin seamos capaces de asimilar la paradoja de sentirnos como lo que de verdad somos: un vacío repleto de memoria, una memoria que siempre *estará ahí* hasta el último de nuestros días terrenales, pues ésta es a nuestra vida interior lo que la sombra a cualquier objeto animado o inanimado del mundo real.

Y que cuando perezcamos, consecuentemente, tendrá lugar una doble muerte, simultánea: la del cuerpo, que no es de lamentar, tanto si lo teníamos saludable o viejo y estropeado, y —la más ardua de aceptar— la de la mente y el espíritu, es decir, la de toda la "sabiduría" que logramos atesorar a lo largo de una vida de errores y aciertos... Agridulce, valioso fruto, desvanecido en unos segundos, como la llama de una vela.

En otras palabras, el *olvido total* —el nuestro propio respecto a la persona que fuimos, dado que dejamos de existir—y lo más triste y desolador, *el olvido de nosotros en los demás*. Se ha dicho muchas veces, con razón, que continuamos vivos mientras alguien nos lleve en el recuerdo: pensamiento reconfortante, sin duda, al que es menester recurrir de vez en cuando, en momentos de tristeza, puesto que ignoramos, por fortuna, el instante en el que aquellas personas gracias a las cuales disfrutamos todavía de ese peculiar modo de *existir*, fallecerán, a su vez, rubricando con su muerte nuestra definitiva desaparición...

Al cabo de tres años de docencia en Calvià, tuve la opción de retornar a la capital y dictar clase en mi antiguo colegio, pero decliné el ofrecimiento.

Sentía que, en cierta medida, estaba en deuda con aquella ciudad, extraña y familiar a un mismo tiempo, y que había terminado por "aceptarme" tal como era, incorporándome a su infatigable dinámica.

Abrigaba la impresión, por añadidura, de que si continuaba viviendo del modo en que había aprendido a hacerlo durante todo ese tiempo, es decir, estoico y ajeno a compromisos de cualquier orden (sociales, afectivos, etc.) en resumen, todo aquello que se conceptúa como "razones para vivir" —de hecho, pueden llegar a serlo— el alevoso destino me dejaría finalmente en paz. ¿No me había causado ya el mayor perjuicio imaginable?

Desprovisto de ambiciones, sin objetivos a corto ni mediano plazo (me bastaba el diario cumplimiento de mis deberes), inmune, en pocas palabras, a sus mortíferos zarpazos y, por lo demás, definitivamente instalado ya en el otoño de mi vida (no demasiado lejos de la execrable y repulsiva vejez que le sucedería), me confortaba, no obstante, pensando que pronto también yo me haría acreedor al regalo más valioso de la naturaleza: nuestra condición de *seres perecederos*.

Afortunadamente, pues, un día no demasiado remoto, el tiempo completaría en mí su obra maestra a través de la suprema y liberadora mutación de la muerte, que a todo y a todos reduce a polvo y silencio sin memoria.

Inma de Santis
(Inmaculada Santiago, 1960-1989)

– cuya trayectoria artística, vivida con encomiable dignidad, fue objeto de mi entusiasta adhesión y cariño desde sus tempranos inicios – nació en Madrid, un día de febrero, bajo el signo de Piscis, y halló trágica muerte en Marruecos, entre las dunas del desierto, como una heroína de leyenda de las que inmortalizaron en sus novelas Emilio Salgari, Pierre Loti o H. Rider Haggard, y junto a las que ahora reposa.

Había cumplido 29 años.

Dedico este relato a su amada memoria.

Índice

www.ingramcontent.com/pod-product-compliance
Lightning Source LLC
LaVergne TN
LVHW040954150826
845672LV00002B/695
* 9 7 8 8 4 1 2 6 0 2 0 4 3 *